SUPERVERME

JULIA DONALDSON   AXEL SCHEFFLER

EMME EDIZIONI

"Superverme, sei agguerrito,
forte, bello e pure ardito.
Tu che non ci hai mai tradito...
SUPERVERME, SEI UN MITO!"

"Oddio, aiuto! Guarda là!
Ma che guaio! Che si fa?"

Baby Rana è scappata
e nel traffico è balzata...

Ma SUPERVERME l'ha salvata!

Dice un'ape: "Ma che noia!
Non si sa proprio che fare,
nessun gioco da giocare..."

Su, dài, api, niente pena...

SUPERVERME fa da altalena!

Maggiolino, manco a dire,
dentro il pozzo va a finire.

Ahi, che botta sulla testa!

SUPERVERME lo ripesca!

Rospi, ragni e lumachine,
rane, vespe e formichine,
tutti in coro, assai ispirati,
cantano a chi li ha salvati:

"Superverme, sei agguerrito,
forte, bello e pure ardito.
Tu che non ci hai mai tradito...
SUPERVERME, SEI UN MITO!"

La lucertola li sente
e sussurra al corvo nero:
"Non sopporto quel fetente,
vai e fallo prigioniero!
Sono un mago assai potente,
gli darò un lavoro vero".

Giunge in volo la creatura
di cui tutti hanno paura.
Alzan gli occhi, tristi e muti:
"Lo ha rapito! Siam perduti!"

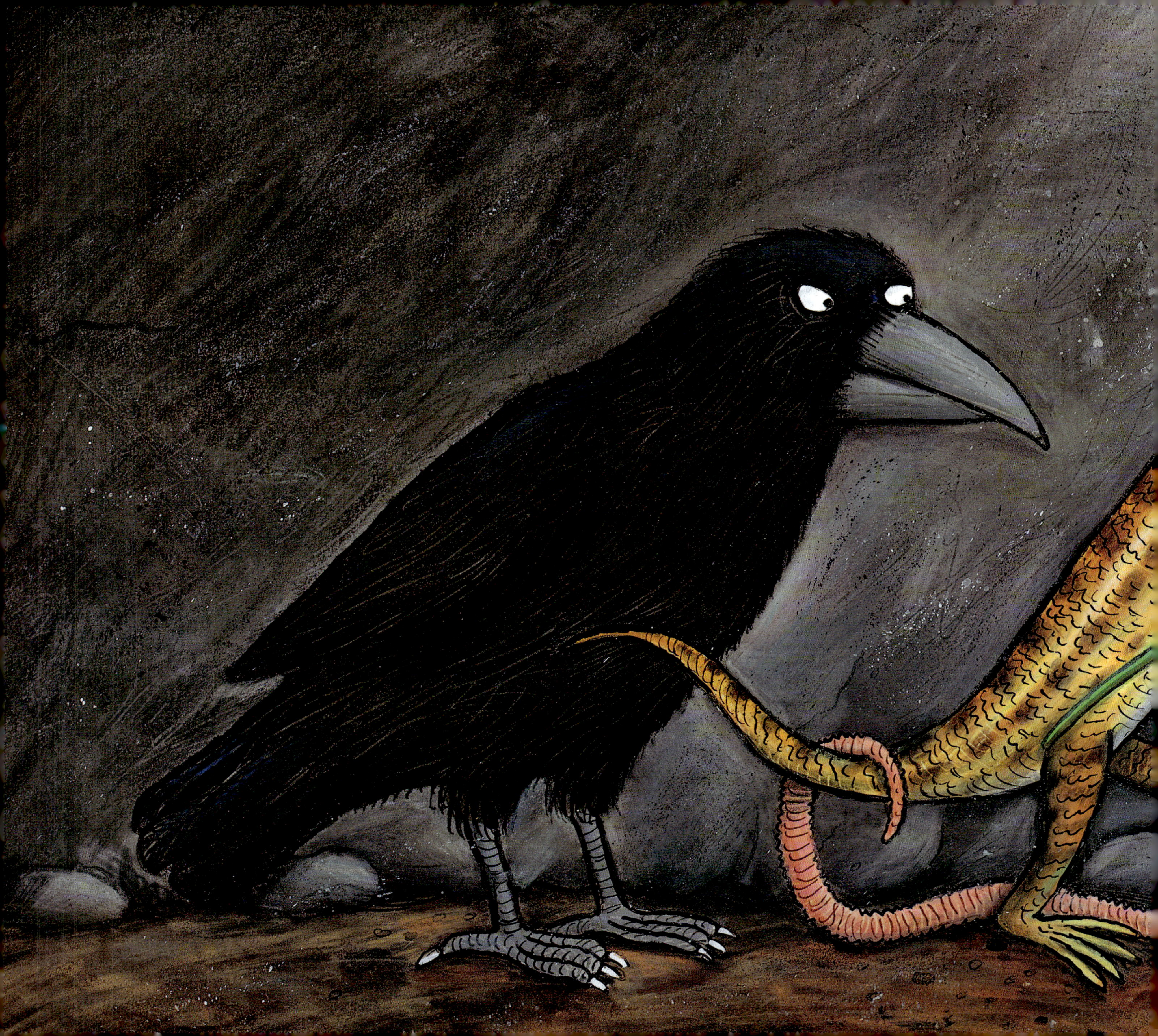

"Sei mio schiavo, Superverme!
E quest'erba ti fa inerme!
Ora ti ordino di scavare
e il tesoro a me riportare!"

Superverme è furente,
prova a muoversi... ma niente!
L'erba magica l'ha stregato,
l'ha bloccato, ipnotizzato!

Superverme scava, esplora,
notte e giorno, a ogni ora.
Ma, per quanti sforzi faccia,
del tesoro non c'è traccia.

Bottoni, tappi, una forchetta...
Però il mago non gli dà retta:
"Trova subito qualcosa
di prezioso e scintillante
o la creatura spaventosa
ti divora... in un istante!"

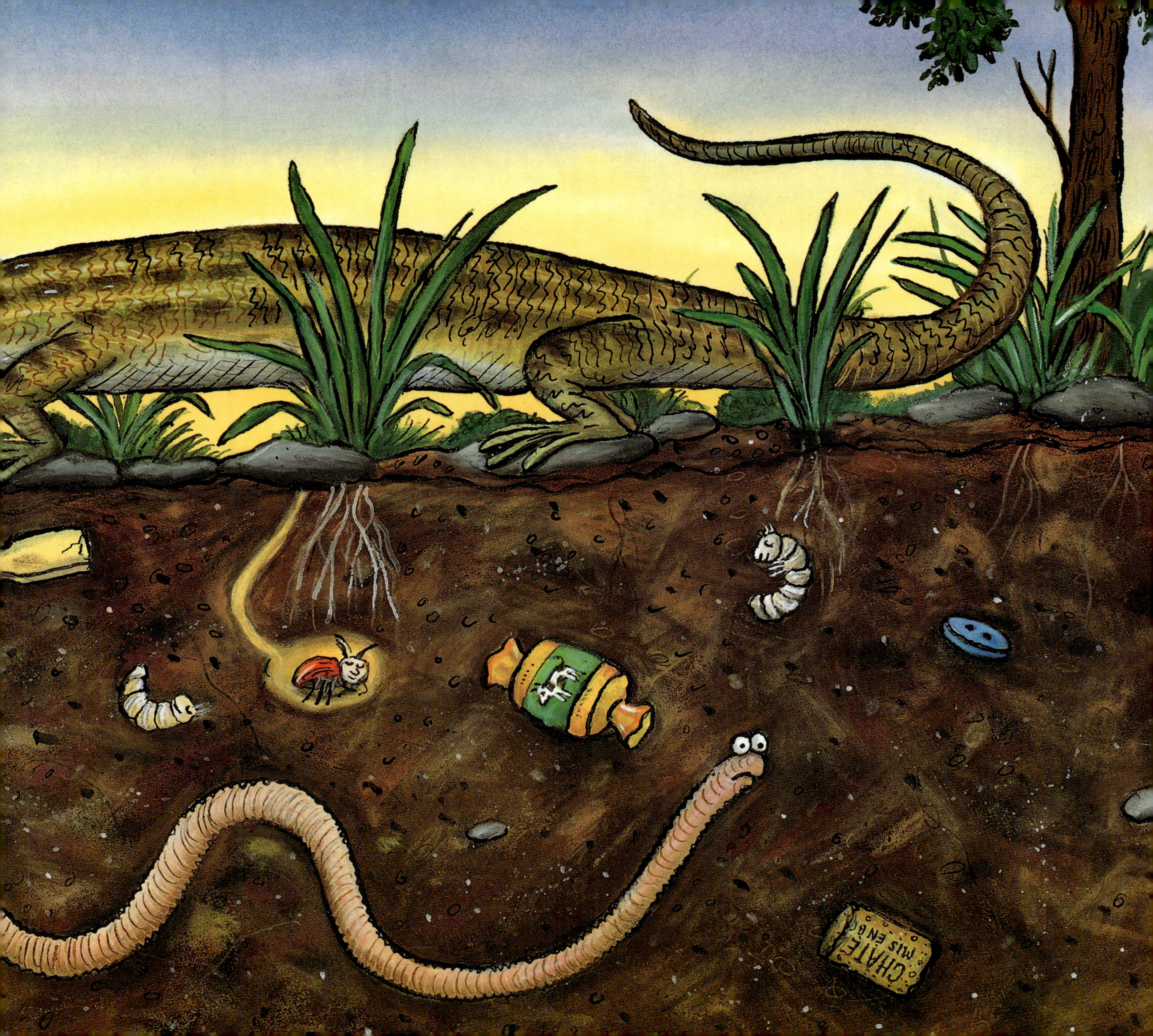

Vola il corvo, vola in alto,
poi si posa con un salto.
Tutti guardano allarmati
ascoltando preoccupati.

"Sapevate? Il vostro mito
è un bocconcino saporito.
Grasso, morbido... una bontà!
Me lo mangio, HA! HA! HA!"

"Presto, subito in azione,
senza alcuna esitazione!
Aiutarlo noi dobbiamo,
forza, fuori un super-piano!"

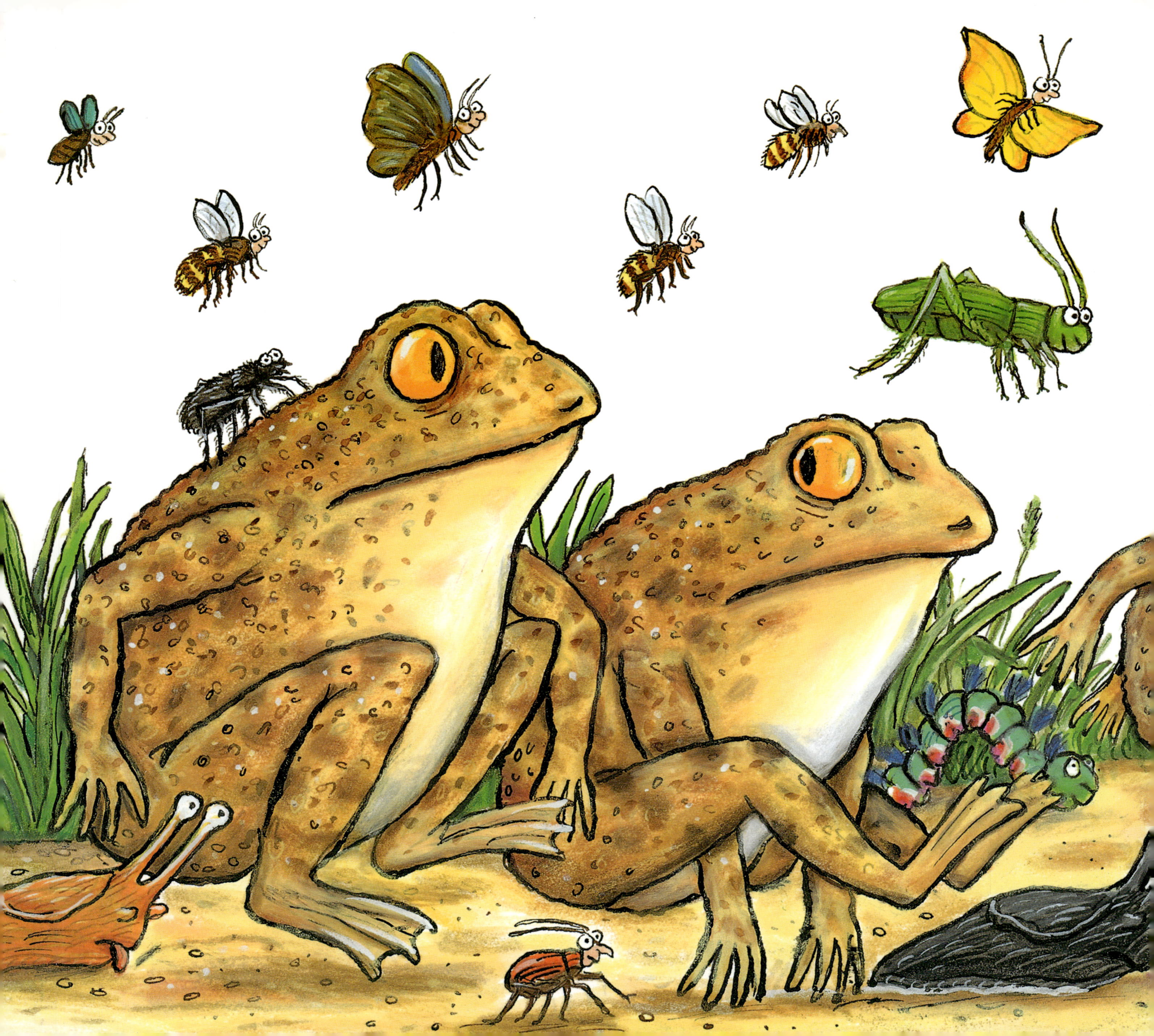

Le bestiole con passione
parton subito in missione.
Hanno il miele, e hanno giurato
di salvare l'amico amato.

Guarda un po', s'è addormentata
la lucertola sciagurata!

L'erba magica vien presa,

qui tre foglie e poi... Sorpresa!

Una tela viene tesa.

La lucertola si desta.
"Che succede? C'è una festa?

Non mi muovo! Son spacciata!
Sono tutta appiccicata!"

Per benino impacchettata
su nel cielo vien portata...

Poi mollata con delizia
proprio in mezzo all'immondizia!

"TIENI, PRENDI...
UN, DUE, TRE!
Questo è il posto che fa per te!"

Ehi, silenzio, ferme, attente...
C'è un rumore, lo si sente...
Zitte, attente, state ferme...

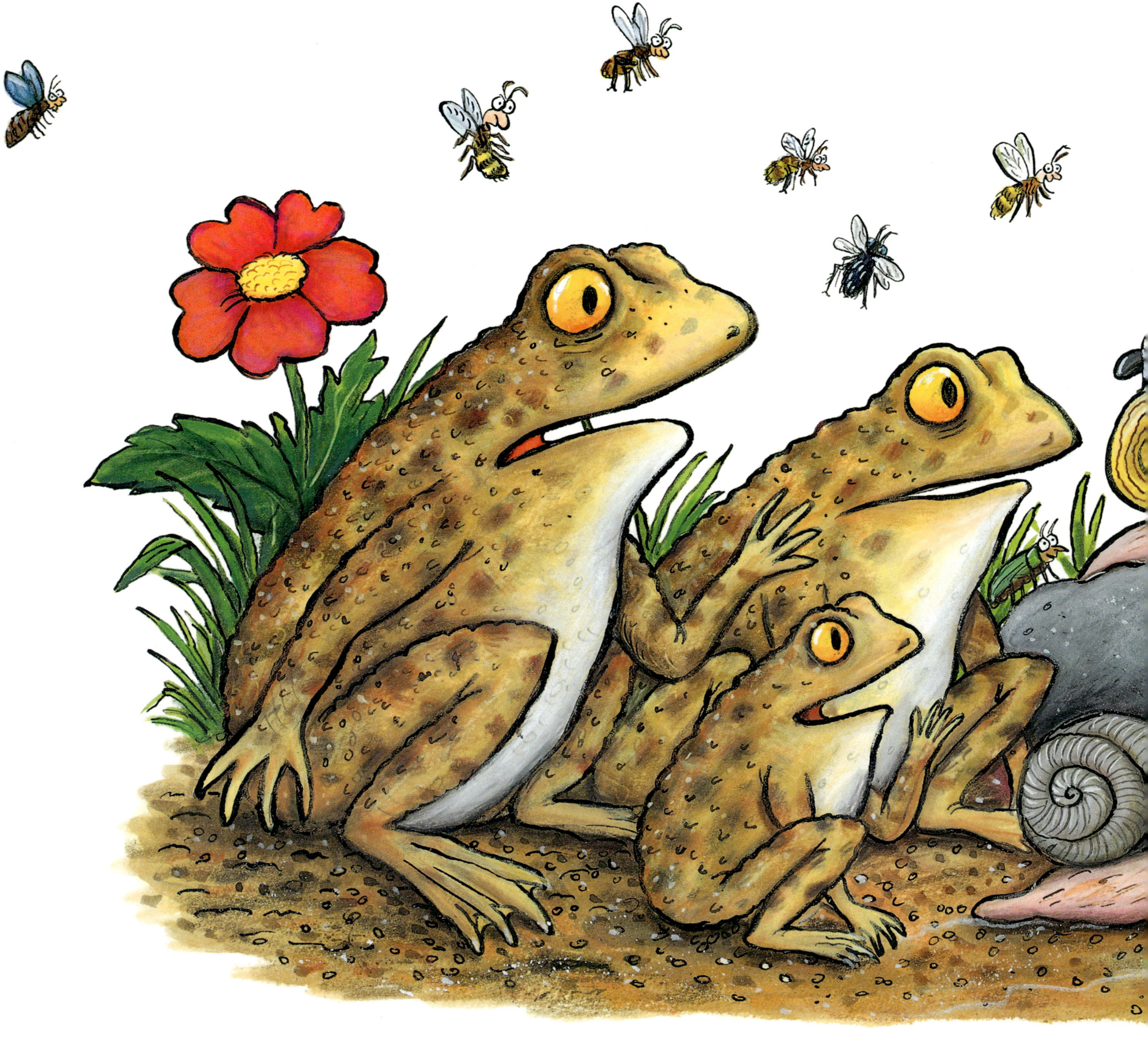

È TORNATO SUPERVERME!

SUPERVERME è un'altalena,

uno scivolo,

un hula hoop salva schiena,

una montagna russa...

... una cintura, un cappello

e una gru!

Ma che forte!

Ma che bello!

Rospi, ragni e lumachine,
rane, vespe e formichine,
tutti in coro, assai ispirati,
cantano a chi li ha salvati:

"Superverme, sei agguerrito,
forte, bello e pure ardito.
Tu che non ci hai mai tradito...
SUPERVERME, SEI UN MITO!"

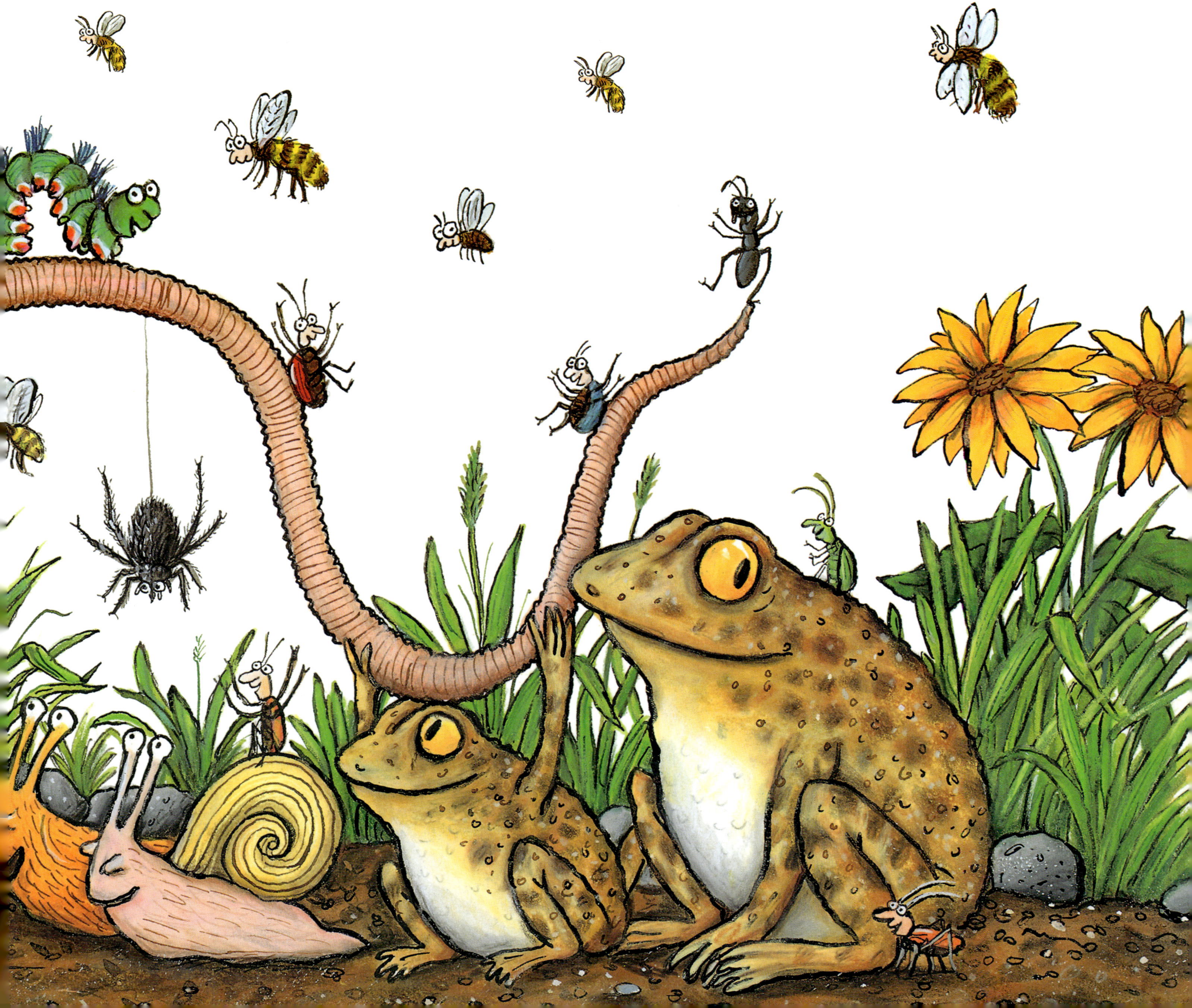

Per Leo – J.D.

EMME EDIZIONI

Seconda edizione, marzo 2019

Traduzione di Laura Pelaschiar
Titolo originale: *Superworm*
Prima pubblicazione 2012 Alison Green Books,
marchio di Scholastic Children's Books, Londra
© 2012 Julia Donaldson per il testo
© 2012 Axel Scheffler per le illustrazioni
Tutti i diritti sono riservati
© 2012 Edizioni EL, via J. Ressel 5 - 34018
San Dorligo della Valle (Trieste), per l'edizione italiana
ISBN 978-88-6714-909-4
www.edizioniel.com
Stampato in Malesia da Tien Wah Press

Julia Donaldson e Axel Scheffler si riservano il diritto morale di essere
identificati rispettivamente quali autore e illustratore dell'opera.

La carta usata per questo libro proviene da legno di foreste sostenibili.

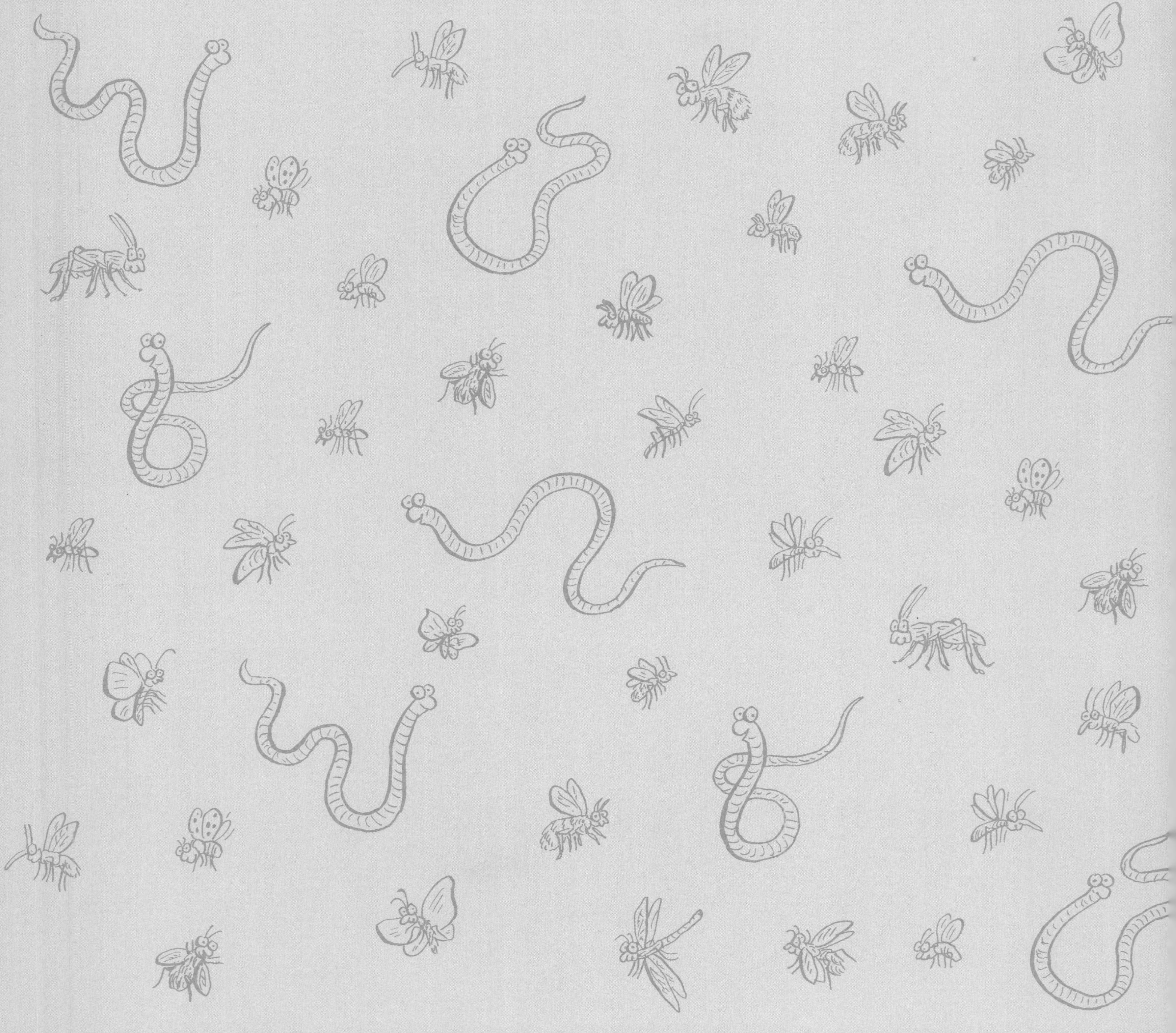